Le souffle du papillon

Tsultrim Namgyal

Le Souffle du Papillon

En application de l'art. L.137-2.-I. du code de la propriété intellectuelle, toute reproduction et/ou divulgation de parties de l'oeuvre dépassant le volume prévu par la loi est expressément interdite.

© Tsultrim Namgyal, 2025

Crédit photo : Fabrice Dubé

Édition : BoD · Books on Demand, 31 avenue Saint-Rémy, 57600 Forbach, bod@bod.fr
Impression : Libri Plureos GmbH, Friedensallee 273, 22763 Hamburg (Allemagne)

ISBN : 978-2-3226-2215-3
Dépôt légal : Mai 2025

<u>Ce livre est dédié à vous tous</u> :

A ma femme que j'aime et à qui je ne le dis pas assez

A mes enfants, source de joie et de bonheur

A mes parents, qui ont toujours été là alors que moi j'étais souvent trop absent

A tout ceux que j'ai croisé dans ma vie, parfait inconnu, ami d'enfance, collègue ou connaissance de passage

A ceux qui m'ont ouvert la voie de la guérison et du changement (Jessy, Laure, Lama Dominique)

A la Nature qui a toujours su m'accueillir et me réconforter

A Mimi

A tous les êtres.

Notre vie se gaspille en détail.

Un honnête homme n'a guère besoin de compter plus que ses dix doigts, ou dans les cas extrêmes peut-il y ajouter ses dix doigts de pied, et mettre le reste en bloc.

De la simplicité, de la simplicité, de la simplicité !

Oui, que vos affaires soient comme deux ou trois, et non cent ou mille ; au lieu d'un million comptez par demi-douzaine, et tenez vos comptes sur l'ongle du pouce.

Simplifiez, simplifiez.

Henry David Thoreau

Un chemin vers un vallon perdu dans les hauts plateaux himalayens, là où souffle le vent de l'éveil.

Table des matières

Silence 11
Mort sans le savoir 15
Une voix amicale 20
Et si je partais ? 24
Vers l'inconnu 29
Tout en haut 34
L'histoire de Jamyang 40
Un saut vers l'inconnu 45
Le Vallon 50
Lama Tsultrim 54
Au monastère 60
En éveil 65
Insaisissable torrent 72
Comme un gamin 77
Le souffle du papillon 80
Nouveau départ 84

SILENCE

Silence …

Tout commence dans le silence.

Pas un bruit …

Seul le murmure étouffé de la fontaine, le cri d'un moineau, parfois.

Le silence des nuits trop longues, des insomnies.

Le silence des angoisses et des sanglots.

Le silence solitaire

Qu'ils sont loin les rires de mes enfants.

Je suis assis, sans bouger, les yeux mi-clos. Perdu dans mes pensées ?

J'essaie de ne pas penser, d'oublier ; j'essaie d'être présent et de lâcher prise.

Je suis là, depuis des heures, des jours, des semaines peut être même.

J'ai perdu la notion du temps, la notion de ma vie.

Je suis seul, dans cette grande salle, entouré d'une imposante statue de Bouddha dorée, de peintures, de sculptures, d'objets rituels. Il flotte une douce et agréable odeur d'encens, encens que les lamas viennent régulièrement allumer.

Assis sur un coussin, les pieds au contact du parquet, je ne bouge presque pas. Je suis figé.

Les yeux fermés, j'écoute mon cœur battre, le dernier signe qui prouve que je suis encore un peu en vie.

Finalement je ne sais toujours pas pourquoi je suis venu ici, dans ce lieu atypique. Ce temple bouddhiste de style bhoutanais construit dans les années 70 en plein cœur du Morvan, au milieu de la Nature, loin de tout.

J'étais venu quelques fois dans le passé pour des weekends de repos ; je m'y sentais toujours bien.

Le calme des lieux, la puissance spirituelle m'offraient une parenthèse bienveillante dans le tumulte de la vie.

Cette fois je suis arrivé il y a plusieurs semaines, sans vraiment avoir de but, ni savoir ce que je cherchais ici.

J'étais tout simplement perdu, désemparé, avec nulle part où me rendre, me réfugier, me cacher.

Je pensais qu'il fallait venir ici, que ce lieu m'aiderait.

Alors j'ai écouté mon instinct.

Je loge dans un petit cabanon de quelques m², dans le parc, en lisère du bois, avec vue sur le temple et le stupa. Je suis arrivé avec juste quelques affaires ; des vêtements, quelques livres, un duvet, une petite enceinte pour écouter parfois de la musique.

C'est tout. Voilà ce que j'amène de ma vie.

Le reste de mes affaires est dans un garde meuble, du moins le peu qu'il reste de ma vie passée.

Je suis arrivé à bout, vidé, sans saveur.

Je mange peu, j'ai perdu le goût des choses, le goût de la vie. Et je viens ici dans le temple le matin ou l'après-midi ; je m'assoie et reste ainsi à méditer.

Ou peut-être que je rêve.

J'entends parfois le rire de mes enfants, je vois le sourire de ma femme. Ils sont si loin désormais

Peut-être que je deviens fou…

Personne ne me juge ici. Pas de questions, chacun respecte mes silences.

Je passe des heures seul, à écouter battre mon cœur, un cœur qui n'a plus vraiment envie de battre, de force de vivre.

Et pourtant …

Cette nuit je me réveille en sursaut, apeuré.

Dans mon sommeil j'ai entendu une nouvelle fois le téléphone sonner, comme le jour où ma vie s'est arrêtée, le jour où je suis mort, sans m'en rendre compte.

MORT SANS LE SAVOIR

Je peste, j'enrage, je m'énerve.

Voilà plus d'une heure que je suis bloqué dans les embouteillages parisiens. Des heures, des jours, des années que cela dure. Je cours de rendez-vous en rendez-vous, je cours après un temps qui s'échappe, qui m'échappe.

Et je m'acharne, en dépit du bon sens, à essayer d'en faire plus, d'aller plus vite, plus vite que moi, plus vite que le monde.

Je donne toute mon énergie dans ce travail. Des heures de rendez-vous, de travail au bureau, entrecoupées d'autant d'heures en voiture, occupé à conduire dans les bouchons, tout en téléphonant, envoyer des mails, prendre des notes…

A peine un dossier est fini, que déjà dix autres m'attendent sur le bureau ou dans la boite mail.

Tous aussi urgents les uns que les autres. Des plans à faire, des commandes à passer, des devis urgents, des appels d'offres. Je n'arrête jamais.

Et je ne sais pas dire non alors l'entreprise en profite. Elle me consume à petit feu.

Et moi pendant ce temps je m'épuise, sans le savoir, sans m'en rendre compte.

Et par conséquent j'use mon entourage, il souffre par ma faute et je ne vois rien.

Ce vendredi le téléphone sonne alors que je suis dans les embouteillages.

C'est ma femme.

Ce soir c'est les vacances scolaires et bien sûr je n'ai rien prévu, à part travailler.

D'une voix ferme, je l'entends m'expliquer qu'elle a décidé de partir deux semaines en vacances avec nos enfants.

Et elle me demande de quitter la maison. Elle ne veut plus me voir à son retour.

Ces paroles lourdes de sens ne sont malheureusement que la suite logique des mois, des années où j'ai fait passer mon job avant ma famille. Elle n'en peut plus et ne veut pas en supporter davantage.

Sa décision aurait dû provoquer un cataclysme dans mon esprit.

Ma vie est tellement bruyante que je peine à entendre ce coup de tonnerre.

Au fond de moi je comprends la situation et sans doute l'ai-je même peut être provoquer sans le savoir.

Peut-être même l'ai-je désiré secrètement, intérieurement.

D'ailleurs une fois le téléphone raccroché, au lieu de me remettre en question, je réfléchis déjà à des solutions de logements, d'organisation de vie.

En quelques jours je m'organise : je loue un box pour mes affaires, je trouve un studio pas loin. Et ma vie reprend son rythme effréné.

Je vois mes enfants le week-end, parfois un peu le soir. Heureusement ils sont encore jeunes et ne se rendent pas vraiment compte de la situation.

Et moi de mon côté, pas un seul instant je ne me remet en question.

Pas un seul instant je ne fais preuve de bienveillance pour mon entourage.

Pas un seul instant je ne songe à changer. Pas un seul instant je ne songe à l'avenir.

Je continue ma course de rendez-vous en rendez-vous, des heures au bureau depuis les premières lueurs de l'aube jusque tard le soir.

Le vacarme du travail me rend sourd à la vie.

Mais un jour le silence m'envahit ….

Je suis en pleine réunion, entouré de l'architecte, des clients … le projet est délicat.

Subitement mon cerveau baisse le volume ; je n'entends plus rien.

Les échanges de mes confrères à côté deviennent un lointain murmure quasi inaudible.

Je me retrouve seul avec moi-même, perdu.

Je prends alors conscience qu'il faut trouver un chemin de travers, une autre route sinueuse qui m'éloignera de ce vacarme.

Une route vers le silence.

Je me lève et quitte la réunion sans un mot, sans aucune explication. J'arrive au bureau et rédige ma lettre de démission que je remets au patron. Il me pose mille questions.

Je ne réponds pas, je pars.

Deux jours plus tard je rends les clefs de mon studio. Moi qui avais toujours été effrayé par l'inconnu, par les changements ; moi qui avais toujours voulu m'assurer une situation confortable et stable, voilà qu'en quelques heures je décide de repartir sur les routes.

Je ne sais pas ce que j'allai faire, ni où j'allai aller. Enfin si, au fond de moi une petite voix m'appelle timidement ; la voix d'un enfant qui me murmure, qui me dit d'aller m'assoir là-bas, dans le Morvan, au pied de la statue de Bouddha.

Et voilà donc plusieurs semaines que je suis là.

UNE VOIX AMICALE

Cette fin d'après-midi est lourde. Dehors les nuages noircissent.

Je vois l'orage qui s'approche au travers de la fenêtre du temple. Je lève les yeux un instant et observe la danse des nuages et du vent.

Cela me rappelle quand mes filles venaient se caler contre moi les soirs d'orage. J'esquisse un léger sourire et replonge dans ma méditation.

Je retrouve le silence de mon esprit. Je ne pense plus, du moins j'essaie …

Je cherche dans le battement de mon cœur une réponse.

Une réponse que j'espère trouver ici ou ailleurs, une réponse à la question que je me suis soudain posé, ce jour-là en pleine réunion de travail.

Cette question qui a été le point de départ d'un nouveau chemin, un chemin qui m'éloigne d'une vie que je pensais mienne.

Un chemin qui me laisse voir le monde avec une lucidité nouvelle, un chemin qui conduit à une vie épanouie.

Oui toutes ces années, je le sais, nous n'étions pas heureux.

Faire semblant est si facile.

On se contente de plaisirs matériels mais on oublie l'essentiel. J'essayais tellement d'apporter ce confort matériel à ma famille que je me suis drogué au travail.

Drogué pour oublier, pour ne pas me rendre compte que je dérivais dangereusement, que je m'éloignais de la vie, de ma vie, et de qui j'étais vraiment. Je souffrais sans le savoir. Ma famille souffrait, sans que je le voie.

Le tonnerre gronde avec force et j'entends la porte du temple qui s'ouvre. Une bourrasque s'engouffre et fait danser les fumées des encens.

Je reste ainsi les yeux fermés mais je perçois le bruit de la lourde étoffe d'un moine qui se prosterne trois fois en entrant. Il s'approche en silence et s'assoit à côté de moi, sans un mot.

J'écoute le bruit des perles de son mala qu'il égraine. J'ai l'impression de le connaitre depuis longtemps.

L'orage quant à lui semble s'intensifier. La pluie devient violente. L'air se charge d'humidité et l'odeur des encens se fait plus intense.

Je me tourne vers mon compagnon du jour. Nous échangeons un sourire, un regard.

Etrangement sa présence me réconforte.

Les minutes passent ainsi, paisiblement.

L'orage fini par s'éloigner. Le tonnerre devient grondement sourd et lointain.

Le silence revient peu à peu.

Je connais l'homme assis à mes côtés. C'est un homme plutôt âgé, un moine que l'on appelle Jamyang ce qui signifie « Voix Amicale ».

Cela le caractérise bien ; j'ai quelquefois échangé avec lui depuis mon arrivée. Il a toujours le sourire, le bon mot pour faire rire. Mais je ne l'avais jamais vu lors de mes heures passées ici en médiation.

En fait je suis content de le savoir à mes côtés. Comme si je retrouvais un vieil ami.

Je ne le sais pas encore mais Jamyang et moi allons bientôt faire un long chemin ensemble.

Je me lève et sort du temple à pas feutrés.

Dehors le soleil et les nuages de l'orage déchu offre une féérie de forme et de couleurs. Les oiseaux ont repris leurs chants virevoltés. L'humus répand ses odeurs caractéristiques.

Je m'assoie sur le banc à l'entrée du temple et savoure la vue, cette nature apaisante. Mon regard se perd au-dessus de la cime des arbres, vers les vallons.

Un groupe de paons traverse le parvis avec quiétude.

La porte du temple s'ouvre et Jamyang en sort, un large sourire aux lèvres. Il s'assoit à côté de moi sur le banc.

Son visage amical est un appel à la bienveillance.

ET SI JE PARTAIS ?

Jamyang se tourne vers moi, me regarde quelques instants et me dit :

- Bonsoir, comment vas-tu ?

- Ça va, ça va …

Mais son regard interrogateur me fait comprendre que le ton de ma voix ne lui semble pas sincère. Il poursuit :

- C'est donc ici que tu passes une partie de tes journées depuis quelque temps ?
  Tu restes assis seul mais que cherches tu vraiment ?

Sa question me trouble, je bafouille quelques mots

- Bon en fait, je ne sais pas vraiment ; je suis venu par hasard.

- Il n'y a pas de hasard !

Je regarde le vieil homme, étonné.

- Je te vois marcher avec ta solitude, ta détresse, tes peurs et tes angoisses.

    Tu chemines à l'aveugle dans le noir, dans le froid, dans la tempête.

    Tu es perdu et tu as oublié la douce lumière, la petite bougie qui vacille et éclaire ton cœur. Tu as oublié d'écouter ton cœur, qui est ton seul vrai guide dans la vie.

    Et depuis tu cours sans savoir où aller. Tu es venu ici pour reprendre ton souffle, mais le chemin est encore long.

    Je le sais.

Je regarde Jamyang interloqué. C'est comme s'il était entré au plus profond de mon subconscient et avait ainsi révélé une vérité que je cachais au monde depuis des années, une vérité que je me cachais à moi-même aussi peut être.

Je reste sans voix :

- Mais … Comment sais-tu cela ?

- Ah mon jeune ami, tu as encore beaucoup à apprendre.

  Ce que tu ne dis pas, ce que tu ressens au fond de ton cœur transparait à qui est à l'écoute. Ton visage, ton regard, tes gestes ne peuvent pas mentir.
  Derrière ta barbe et ce sourire de façade, il est facile de voir une grande détresse.

  Allons, viens ; on va aller manger quelque chose.

Je ne sais pas trop quoi penser. Je suis Jamyang qui marche lentement sur le parvis du temple.

Nous en faisons le tour pour nous diriger vers le réfectoire. Je m'assoie en face de lui et commence à raconter en quelques mots mon départ pour ici.

Sur les raisons qui m'ont poussé à partir, je reste très vague.

Et Jamyang par son silence semble respecter mon choix.

- Et donc tu n'as rien de prévu pour les semaines à venir, n'est-ce pas ?

- Oui effectivement mon agenda est un peu léger en ce moment.

- Alors voilà ce que je te propose. Je dois partir en voyage dans quelques jours.

 En Inde. Dans un endroit fascinant au milieu des montagnes.
 Tu sembles aimer la montagne vu le tatouage que tu as sur le bras.

- Oui en effet j'ai toujours été fasciné et heureux en montagne. Gamin et jeune adulte j'y allais très souvent.
 Moins depuis quelques années malheureusement

- Et bien j'aimerais que tu m'accompagne pour ce voyage. Tu n'auras qu'à prendre un billet d'avion et je m'occupe de tout le reste. Tu n'auras rien à gérer, juste à te laisser guider et à écouter.

- Qu'est-ce qu'on va faire là-bas ? Que fais-je faire ?

- Ça je ne le sais pas encore…

Après un long silence, Jamyang poursuit :

- Ecoutes, je ne te demande pas de te décider tout de suite, je te laisse au moins le temps de finir ta soupe !

Et nous partons dans un grand éclat de rire.

- Je suis là encore quelques jours avant de partir. Ça te laisse le temps de réfléchir. Alors comme ça tu aimes la montagne ?

Nous passons une partie de la soirée à parler de la montagne. Je lui raconte mes bivouacs, mes observations de chamois, de bouquetins, d'aigle, de loup.

Nous évoquons les couchers de soleils sur les crêtes, les silences des sommets.

VERS L'INCONNU

Quelques jours plus tard je retrouve Jamyang au petit matin à l'aéroport de Roissy. Nous nous prenons chaleureusement dans les bras et allons au comptoir d'embarquement.

Jamyang est vêtu d'un jean et d'une vieille chemise. Je lui fais remarquer qu'il est habillé en civil aujourd'hui. Il rigole.

Je n'ai apporté qu'un petit sac de voyage alors que mon compagnon enregistre 3 énormes sacs.

- Ce sont des vêtements et des couvertures que j'apporte à des familles que je connais là-bas et que j'ai récupérées dans mon entourage.

- Tu vas là-bas depuis longtemps ?

- Oh, cela doit faire plus de vingt ans déjà.

En attendant le vol, nous nous asseyons. La parole est rare mais qu'importe. Je suis étrangement confiant alors que je pars dans quelques minutes à l'autre bout du monde, dans une région inconnue avec cet homme que je ne connaissais pas il y a dix jours.

Je ne lui avais pas posé beaucoup de questions.

Il m'avait simplement dit de réserver une place sur le même vol que lui pour New Dehli et de faire de même pour le vol qui devait nous amener à Dharamshala.

- Et pour le reste ? avais-je demandé ?

- Il n'y a pas de reste. Tu n'as que les billets à prendre, je m'occupe du reste du séjour pour nous deux.

Et je lui avais simplement fait confiance.

Le vol n'étant pas complet, nous pouvons nous mettre l'un à côté de l'autre. Pourtant durant les longues heures de ce vol, nous ne parlons presque pas. Nous respectons mutuellement notre goût des silences.

Nous arrivons à New Dehli en plein nuit. A la sortie de l'avion je suis épuisé. Je regarde, hagard et curieux, les gens, les panneaux. J'ai l'impression de rêver. Tout est si différent de ce que j'ai connu. Il fait chaud et humide.

Notre correspondance décolle au petit matin et nous restons donc dans l'aéroport, assis sur un banc à somnoler.

Quelques heures de plus et nous nous retrouvons sur le parking devant l'aéroport de Dharamshala. Ce long voyage en avion depuis Paris m'a fatigué. Jamyang sourit et me dit :

- Ce n'était que la partie facile du voyage !

Un jeune homme s'approche de nous et salue chaleureusement mon compagnon. Il semble bien le connaître. Les deux hommes échangent quelques mots et je reste à l'écart. Puis l'homme se tourne vers moi en joignant ses deux mains, me salue en disant dans un français approximatif :

- Bienvenue chez toi !

Je ne sais pas s'il a fait exprès de confondre chez moi et chez toi.

Peut-être voulait-il simplement signifier que je devais me sentir ici comme chez moi, bien qu'à des milliers de kilomètres de « chez moi ».

De toute façon je n'ai plus vraiment de chez moi…. J'ai laissé ma famille partir depuis longtemps. J'ai perdu contact avec mes amis. Il ne me restait que le travail que j'ai aussi laissé sur le côté de ma route.

Finalement Jamyang est le dernier lien que j'ai avec mes semblables depuis bien longtemps. Alors ici ou ailleurs, partout je peux me sentir chez moi.

Le jeune homme semble nous demander de l'attendre ici. Quelques minutes plus tard, je le vois arriver au volant d'un vieux 4x4 Toyota qui semble avoir bien vécu. Sa carrosserie d'un blanc sale est parsemée ici et là de tâches de rouilles, de balafres, de rayures.

Nous mettons nos affaires dans le coffre, Jamyang s'installe devant et je prends la banquette arrière, banquette qui est recouverte d'une vieille couverture et qui semble avoir servi de matelas pour quelques chèvres.

J'imagine que cette vieille voiture déglinguée sert depuis des années à transporter aussi bien passagers, bagages et animaux.

Jamyang se retourne et me demande :

- Alors sais-tu où nous allons désormais ?

- J'imagine que nous partons vers là-haut ; en lui désignant les hautes montagnes que l'on aperçoit au loin derrière l'aéroport.

- En effet. Ici nous sommes à 1500m d'altitude et nous allons rejoindre un petit village isolé, perdu dans la région du Ladakh.
  Nous avons peut-être 10 ou 12 heures de route, 15 peut être même. Ça dépend. Avant d'arriver au village de Shara.

  Et de là demain nous devrions arriver au lieu qui m'inspire depuis 25 ans. Un lieu unique et perdu.
  Un lieu magnifique et envoutant. Un lieu mystique.
  Un lieu qui change les hommes.

Après quelques instants de silence, la voiture démarre dans un vacarme incroyable.

Jamyang me sourit et dit :

- Mais maintenant je te laisse profiter de ce voyage, de ces quinze heures de repos. Ça sera comme passer quinze heures dans une vieille machine à laver rouillée en mode essorage.

- Ça donne envie !

TOUT EN HAUT

La voiture quitte rapidement la banlieue de Dharamshala, avec ses petits immeubles colorés accrochés au relief et nous prenons la route nationale.

La pente s'accentue et nous quittons la ville pour s'enfoncer peu à peu dans les montagnes.

Epuisé par toutes ces émotions nouvelles et le voyage, je m'endors à l'arrière de la jeep.

Parfois j'ouvre les yeux et j'aperçois un village, un vallon, des sommets abruptes. Mais le bruit du moteur me berce rapidement et je finis par me rendormir.

En début d'après-midi nous nous arrêtons à une station essence pour faire le plein. Jamyang et moi en profitons pour nous dégourdir les jambes.

Autour de nous les montagnes nous dominent et inspirent le respect.

Un couple de grand corbeau passe au-dessus de nous. L'air est frais, bien plus froid que ce matin.

Nous achetons quelques fruits et des gâteaux et la voiture repart déjà. Bientôt nous quittons la route principale pour suivre une petite route secondaire qui s'enfonce dans une longue vallée.

Au fond j'aperçois des crêtes prises d'assaut par les nuages. Je sais que c'est là que nous allons : par-delà ces nuages !

La route devient piste caillouteuse, le 4x4 se tord dans tous les sens, il tremble, gémit, souffre, craque. Le bruit du moteur, l'effet de l'altitude me procure une migraine sévère.

Alors je préfère fermer les yeux, malgré la beauté des paysages.

Je sens la voiture tressaillir dans la pente qui devient raide ; les virages, les lacets se multiplient, sans fin.

Après plusieurs heures de cette route chaotique, nous arrivons à un col, tout là-haut perdu dans les nuages. Nous nous arrêtons pour une courte pause.

Dehors le froid me prend d'assaut. Le col est situé à près de 5000 m d'altitude, des hauts pics le surplombent, des pics noyés dans les nuages qui laissent apparaitre leurs silhouettes énigmatiques.

Le paysage est grandiose.

Je laisse mes deux compagnons faire le tour d'un petit Stupa situé en haut du col et décoré de dizaines de drapeaux de prières virevoltant au vent et qui offrent un peu de couleur dans ce paysage fait de gris et de blanc.

Pour ma part je me sens mal. Je m'assois sur un rocher mais mon estomac fait du yoyo et la migraine m'attaque un peu plus.

Jamyang s'approche de moi :

- C'est normal de te sentir mal. L'altitude, le voyage.
  Ton organisme a besoin de s'adapter.
  Marches un peu et ça devrait passer.

A peine ai-je fais quelques pas le long de la route que je vomi dans le bas-côté. Je me relève et me sens mieux, plus léger, plus apaisé.

Sans doute ai-je sortie quelques négativités dans ce fossé.

Le soleil apparait timidement quelques instants entre les nuages et colore la roche, le Stupa et les drapeaux qui dansent au vent.

Nous remontons en voiture pour entamer la descente. Une longue descente sur la route sinueuse et précaire. Encore des heures de lacets interminables.

Il commence à faire nuit mais je distingue bientôt une large vallée entourée de crêtes rocheuses.

Jamyang se retourne et m'assure que nous arrivons bientôt dans un petit village qui s'appelle Shara et dans lequel nous allons passer la nuit.

- Demain nous marcherons jusqu'au vallon perdu qui sera notre destination finale

Il faut nuit lorsque j'aperçois des lumières : le village. Enfin juste quelques maisons en pierre accrochées à la montagne. La voiture s'arrête et nous descendons.

Je me dégourdi les articulations, je m'étire longuement après ces heures passées en voiture, balloté par la piste. Il fait froid.

A peine 10°C sans doute. Mais l'air est sec, agréable.

En contrebas j'entends le bruit d'un torrent.

Un jeune homme d'une trentaine d'années nous attend devant la porte. Il salut chaleureusement Jamyang et me serre également la main.

Je les suis à l'intérieur. Il s'agit d'une unique et grande pièce modestement meublée.

Un vieux plancher de bois, des tapis, une petite table basse, une vieille commode en bois peint sur le côté, un banc large recouvert de quelques coussins au motif coloré.

Dans l'angle un poêle à bois répand une chaleur bienvenue.

J'enlève mes chaussures et m'assois à côté de Jamyang qui discute avec notre hôte.

Les minutes passent et j'écoute sans un mot. La chaleur et le silence me font du bien après tout ce long périple depuis Paris.

Jamyang me conduit alors dans la cour arrière de la maison.

Un vieux seau en fer rempli d'eau m'attend.

- Voici ta douche pour ce soir ! me dit-il en rigolant.

Les conditions simples ne me dérangent pas, bien au contraire. L'eau glacée coule sur ma peau et réveille tous mes sens. Qu'il est bon de se rafraîchir à l'eau pure !

Je rentre quand même bien vite au chaud près du poêle. Notre hôte nous sert du thé bien chaud.

- Je me sens revivre avec cette douche froide ! dis-je

- C'est le but ! sourie Jamyang.
  Maintenant nous allons manger un morceau et dormir. Demain il faut partir tôt pour la dernière étape.

- Mais comment as-tu débarqué ici il y a 25 ans ?
  Ce coin semble bien reculé pour y arriver par hasard ?

L'HISTOIRE DE JAMYANG

Alors Jamyang me raconte son histoire.

Son vrai nom c'est Pierre.

Et il a aujourd'hui 66 ans. Il est né dans un petit village des hautes Alpes et a passé son enfance à courir la montagne.

Puis les études l'ont conduit à Lyon ensuite Paris où il logeait chez un cousin de sa mère. Plutôt doué à l'école, il a suivi des études scientifiques brillantes pour devenir ingénieur chimiste.

Il a commencé à travailler dans l'industrie pharmaceutique, gravissant rapidement les échelons de l'entreprise. Il gagnait très bien sa vie, profitait.

Il s'est marié à 28 ans avec une étudiante qu'il avait rencontrée quelques années plus tôt lors de ses études.

Après quelques années, le couple divorce sans pour autant perturber Pierre, qui a continué à vivre sa vie de cadre de l'industrie. Il aimait toujours la marche et une ou deux fois par an, il organisait avec des amis des treks de plusieurs jours dans des endroits reculés et sauvages.

C'est donc comme ça qu'il s'est retrouvé sur les hauts plateaux du Ladakh il y a 25 ans, avec ses amis et un guide local. Après plusieurs jours de marche, il a fait une mauvaise chute dans un vallon sauvage et en ressort avec une grosse entorse.

Ses amis l'aident à rejoindre les quelques maisons isolées à l'entrée du vallon. Sa cheville est trop enflée pour imaginer reprendre la route avant plusieurs jours. Lui a encore des jours de congés, mais ses amis doivent être dans 3 jours à New Dehli pour reprendre l'avion car ils reprennent le travail.

Pierre leur dit de partir et lui reste quelques jours pour reposer sa cheville avant de rentrer par ses propres moyens.

Il regarde donc ses amis descendre vers la vallée, assis sur un rocher. Son guide a pris le soin d'expliquer la situation à la famille de berger qui vit ici.

Bercé par le soleil, Pierre rêvasse. Au-dessus des maisons, un petit temple bouddhiste surplombe les pelouses alpines. Les enfants rigolent et dansent à côté de lui. Il est heureux ici.

Deux jours plus tard, alors que son pied a fortement dégonflé, il est assis un peu à l'écart des maisons et profite de la vue. Il aperçoit une silhouette qui descend depuis les pelouses alpines.

A mesure qu'il se rapproche il distingue les traits d'un homme, vêtu d'un habit de moine ou de lama, un chapelet dans une main, un grand sac en toile sur l'épaule.

L'homme s'approche, un large sourire sur son visage. Etrangement il ne semble pas surpris de rencontrer Pierre, ici dans ce coin perdu.

Arrivé à sa hauteur, le moine d'une quarantaine d'années lui fait un grand signe en disant dans un anglais parfait :

- Hello my friend !

L'homme s'appelle Tsultrim Namgyal qui signifie *Ethique Victorieuse*. Il est lama depuis qu'il a une vingtaine d'années.

Il a passé son enfance à étudier les textes bouddhistes dans un monastère, à étudier la philosophie.

Devenu Lama à 22 ans, il a étudié auprès de grands maitres. Erudit, il avait acquis une connaissance profonde des enseignements. Il pouvait aspirer à devenir quelqu'un d'important dans la communauté.

Mais il y a une dizaine d'années, il a décidé de se mettre à l'écart du monde, des grands monastères célèbres, des éloges et de la civilisation. Il a rejoint ce minuscule monastère où réside une petite poignée de moines, dans un vallon perdu du Ladakh, terre sainte.

Malgré son érudition et sa compréhension poussée des textes, il avait choisi une vie simple, dans la nature.

Lama Tsultrim parlait anglais et ainsi les deux hommes discutent quelques instants. Pierre fut invité à loger quelques jours dans le monastère.

C'est là qu'une amitié sincère entre les deux hommes s'est nouée. Lama Tsultrim était d'une grande sagesse.

Après son retour en France, Pierre a gardé le contact et est revenu aussi souvent que possible auprès du sage. Il lui apprenait l'art de la méditation, l'art des choses simples, l'art du bonheur.

Et puis il y a une dizaine d'année le contexte économique s'est compliqué et l'entreprise de Pierre lui a proposé un plan social.

Lui dont désormais la seule attache était son ami qui vivait là-haut dans le Ladakh a donc tout laissé pour se rendre auprès de son maitre.

Pierre est devenu bouddhiste. Il reste souvent ici mais voyage également dans divers monastères en Inde, au Népal et en Europe.

Son lieu d'attache reste auprès de Lama Tsultrim, dans ce vallon qui dégage une forte énergie mystique et spirituelle.

Jamyang conclut donc son récit au moment où une vielle dame, sans doute la mère de notre hôte, entre dans la pièce avec un grand plateau chargé de bols de riz et de plats de légumes ;

Nous mangeons en silence. Je ne pose pas de questions après le récit de sa vie.

Une dernière tasse de thé et nous nous allongeons sur un matelas posé par terre.

Demain j'entrerai dans le vallon …

UN SAUT VERS L'INCONNU

Je marche seul.

Depuis des heures.

Je monte la pente, vers les crêtes, tout là-haut.

Les pelouses alpines ont laissé place à un paysage minéral, splendide et sauvage. Quelques accenteurs chantent au loin.

Le silence

Mon souffle dérange le silence de la Montagne. Je me sens étranger.

Pas après pas, je me rapproche de mon but, d'un but que je me suis fixé tout seul, sans raison, espérant trouver là-haut la réponse.

Encore quelques efforts, quelques mètres, quelques glissades et je me hisse sur la crête, balayée par le vent glacial. La vue est à couper le souffle.

Partout, dans toutes les directions, jusqu'à l'horizon et même au-delà, des pics enneigés, des crêtes qui découpent des vallons perdus, des pelouses, des pierriers, un monde minéral aux mille nuances.

Le blanc des sommets enneigés se fond dans le ciel.

Je verse une larme

A mes pieds un précipice vertigineux, une falaise de plusieurs centaines de mètres.

Je me pose un instant sur un rocher qui surplombe l'à-pic.

Je pense à mes enfants.

Je pense à mes proches disparus, ceux à qui je n'ai pas dit je t'aime.

Je pense à ces inconnus que j'ai ignorés, que j'ai jugés sans les connaitre.

Et puis….

Je saute dans le vide …

Un instant je me sens vivre et vibrer.

Je suis une note de musique qui résonne dans la montagne.

Je suis mon propre écho.

Je suis le monde et le monde est en moi.

Je ressens tout ; l'énergie magnétique de la roche, la gravité qui m'attire.

Ensuite tout devient noir et silencieux.

Le vide, le néant.

Je sens le sang qui s'écoule de mes plaies béantes.

Je suis mort.

Oui, je suis mort.

Mon corps ne présente plus aucune vitalité. Je suis devenu un amas inerte de chair sanguinolente, posé là sur la roche rougie par mon sang qui s'écoule.

Et pourtant je suis bien là, du moins en conscience.

Mon esprit sait que je suis mort mais il demeure intact, dans le silence et l'obscurité.

Finalement dans le noir apparait au loin un léger scintillement ; un petit point blanc qui semble virevolter.

Le point se rapproche délicatement, timidement.

Et j'aperçois alors un petit papillon blanc.

Dans ce silence omniprésent je perçois le bruit de ses ailes, les battements de son cœur minuscule, son souffle dans l'air.

J'entends son souffle.

Il est à côté de moi et m'invite à la suivre.

Alors je vois en contrebas ce qu'il reste de mon cœur physique et matériel. Je continue pourtant à vivre.

Quand soudain je me réveille. Quel rêve étrange.

Je suis allongé sur cette vaste banquette en bois, là où je me suis couché hier soir. Par la fenêtre j'aperçois le ciel étoilé.

Dans la pièce la statue de Bouddha est impassible. Autour de moi tous ces livres, toutes ces connaissances, tous ces savoirs, tous ces enseignements.

Non je ne suis pas mort, du moins pas encore.

Nous sommes arrivés hier en fin d'après-midi dans le monastère de Phug.

LE VALLON

Nous étions partis le matin en suivant un petit chemin qui serpentait dans la montagne.

Le temps était humide, une bruine légère nous a accompagnés une bonne partie de la journée.

Jamyang connaissait le chemin. Je pense qu'il aurait pu le parcourir les yeux fermés.

Nous arrivons rapidement à un premier col, situé 700m au-dessus du village et qui nous offre une vue splendide sur ce plateau, cette terrasse recouverte d'une végétation rase et où paissait sur un flanc un troupeau de yaks.

Nous franchissons le torrent sur un petit pont de corde, décoré de centaines de drapeaux de prière.

Tout est ici magnifique. Malgré la pluie je suis heureux.

Et au fur et à mesure que nous approchons, le visage de Jamyang s'illumine un peu plus.

Nous rencontrons un jeune berger et sa petite sœur. Ils reconnaissent Jamyang et leurs rires sont comme des rayons de soleil.

Il est curieux de voir de si jeunes enfants dans cette immensité sauvage, seuls. Ici les hommes ne sont pas nombreux ; leur présence est en point de suspension dans la montagne. Quelques éleveurs semi nomades, quelques cultures rudimentaires. Les habitants vivent en lien étroit avec la Nature.

Une Nature intense et sauvage, domaine des loups, des ours et de la panthère des neiges ; une nature qui enseigne l'amour, la patience et la sagesse.

Nous franchissons un deuxième col, puis passons par un petit défilé rocheux et débouchons sur le vallon, le fameux.

Jamyang et moi nous asseyons sur un rocher pour savourer l'instant.

Les muscles durcis par l'effort et la fatigue.

Un torrent s'écoule dans le petit plateau recouvert de pelouse rase. Trois petites maisons de pierres fatiguées au toit de chaume semblent perdues ici.

Au-dessus accroché à la roche grise, un modeste monastère semble être la sentinelle de ce vallon. Sentinelle qui observe le temps et l'espace.

Par-delà le vallon s'étend et se resserre jusqu'aux crêtes rocheuses que dominent des aiguilles vertigineuses.

Au-delà de ces crêtes, la montagne à perte de vue. Le paysage me donne le tournis.

Jamyang me dit alors :

- Oublies ce que tu sais, oublies ce que tu es. Laisse-toi aller et profites.
  Oui profites ; profites du lieu, profites de tes rencontres, profites de ce que tu vas apprendre ici.
  Peut-être que tu ne resteras que quelques jours, peut être plusieurs mois.
  Mais tant que tu es là, laisses ouvertes les portes de ton cœur.

Un homme descend depuis le chemin de pierre et sa démarche est souple, aérienne, féline.

Il semble voler au-dessus du chemin.

Arrivé à notre hauteur Jamyang se prosterne à ses pieds et l'homme part aussi sec dans un grand éclat de rire. Les deux hommes se prennent chaleureusement dans les bras.

C'est ainsi que je rencontrais pour la première fois Lama Tsultrim.

LAMA TSULTRIM

L'homme, assez petit est vêtu d'une robe de moine traditionnelle et d'un vieux pull en laine effilé par-dessus. Son visage respire la joie et la simplicité.

Son crâne dégarni laisse voir quelques mèches qui commencent à blanchir. Il a un visage marqué par le temps, le poids des années et de conditions de vie sans doute modestes.

Bien qu'assez mince, il semble jouir d'une vitalité certaine, comme sa poignée de main vigoureuse pouvait le laisser présager.

Il porte autour du coup un grand et long mala de graine, un sac de toile pendait à son épaule et quelques branches et herbes dépassent du sac ; comme si l'homme revenait d'une cueillette en montagne.

Mes compagnons me précèdent sur le petit chemin de pierre dont les lacets montent jusqu'au monastère.

La roche usée par les pluies, le passage des moines depuis des siècles sans doute est un livre ouvert sur le passé. Nous arrivons au monastère, modeste bâtisse qui surplombe le vallon.

Forteresse dressée.

D'architecture simple, elle mélange la pierre et le bois. Le bâtiment forme un L adossé à la montagne. J'imagine la vue sur le vallon depuis l'intérieur.

Quelques marches nous amènent à l'entrée, où une vieille porte en bois finement décorée de symboles auspicieux s'entrouvre et laisse paraitre la silhouette discrète d'un jeune moine qui nous salue timidement.

Nous entrons dans un couloir sombre, le sol en bois usé par le temps craque sous nos pas. Nous nous déchaussons alors que Lama Tsultrim donne quelques consignes au jeune moine qui s'éloigne comme un chat qui se faufile sans bruit.

Au bout du couloir, un petit escalier grinçant nous amène à l'étage. Nous entrons dans une pièce située à l'angle du bâtiment.

Par la fenêtre j'aperçois le vallon et ses montagnes envoûtantes.

La pièce est lumineuse et semble être une bibliothèque. Sur des étagères en bois des centaines de textes, souvent enveloppés dans un tissu brocardé ou entre 2 planches de bois. Le sol est couvert de tapis. Un poêle à bois à l'entrée.

Au centre contre le mur, une magnifique statue de Bouddha posée sur une estrade et entourée de bol d'offrande, de fleurs, d'encens. Contre le poêle, un large banc en bois recouvert de coussins.

Prêt d'une grande fenêtre, des coussins autour d'une table basse où Lama Tsultrim prend place.

Nous faisons de même. Jamyang et son maitre discutent avec passion, conviction et entrain. J'écoute et regarde fasciné par l'atmosphère de ce lieu.

Jamyang m'explique que je peux aller prendre une douche et mettre des vêtements secs.

En effet, avec la pluie de la journée et la transpiration de la montée depuis ce matin je suis trempé. Je me retrouve dans une petite annexe qui donne sur la cour située au Rez-de-chaussée et qui sert de salle de bain commune. L'eau est froide mais comme hier au village elle me revigore.

J'enfile rapidement les vêtements que m'apporte le jeune moine : un pantalon noir de toile épais et large et une chemise rouge, bien trop grande.

Je me sens pourtant à l'aise dans cette nouvelle tenue, confortable.

En sortant je découvre avec plus d'attention la cour intérieure à flanc de montagne. Quelques fleurs, de gros blocs rocheux, deux vieux bancs en bois, des drapeaux de prière.

Et contre la roche j'aperçois une petite grotte d'où semblent scintiller des dizaines de bougies. J'apprendrai par la suite que cette grotte fut l'ermitage d'un grand Yogi plusieurs siècles auparavant. Il y vécu près de 20 ans.

Je retrouve mes compagnons dans la grande salle.

J'entre sans bruit. Je remercie mon hôte pour la douche et les vêtements secs.

Je m'installe instinctivement par terre au pied du Lama.

Les effluves d'encens subtiles emplissent mes narines. Jamyang se lève et quitte la pièce, sans doute pour aller se doucher lui aussi. Je reste donc seul aux côtés de Lama Tsultrim. Il me regarde en souriant et égrène son mala lentement.

Je suis bercé par le silence et la sérénité des lieux. Je ferme les yeux, je ressens la chaleur de mon corps, de mon cœur.

Je suis simplement heureux, heureux et apaisé.

Il y a quelques semaines, j'étais perdu, sans but. Et en quelques jours j'ai quitté ma vie, une vie citadine et confortable mais sans saveur, j'ai quitté mon pays, pour me retrouver ici, perdu dans les hauts plateaux assis aux côtés de ce Lama.

Et pourtant je ne suis pas surpris. J'ai même l'impression d'avoir suivi cette route qui m'était destinée. Le sentiment d'être enfin de retour chez moi.

Jamyang reviens et m'indique que le lieu est petit et que la place manque pour accueillir des visiteurs comme moi :

- Alors si tu veux bien, tu pourras dormir ici sur la banquette en bois.
    Cette salle est une bibliothèque et sert également de salle d'instruction en journée.

Les moines te donneront des coussins et de grosses couvertures pour te faire un nid douillet, une belle tanière.

- C'est parfait !

Ce lieu m'inspirait confiance et dormir ici me réjouissait d'avance.

C'est ainsi que je passai ma première nuit dans le silence des montagnes des hauts plateaux du Ladakh, envouté par des énergies nouvelles.

AU MONASTERE

Après ce rêve étrange, je ne parviens pas à trouver le sommeil. Alors je reste assis par terre. Par la fenêtre j'aperçois les premiers signes subtiles de l'aube, une lueur timide pointe au-delà des crêtes.

Quelques bruits de pas feutrés dans le bâtiment aussi.

La porte s'ouvre doucement, et la tête de Jamyang apparait. Il ne semble pas surpris de me voir déjà réveillé :

- Salut ! la première nuit ici est souvent intense. Allez suis moi, nous allons nous joindre aux moines pour la pudja du matin.

Nous nous faufilons sans bruit dans le couloir pour rejoindre une salle au rez-de-chaussée, simplement aménagée de tapis et de coussins par terre ; d'une statue de Bouddha et d'autres divinités.

Certains moines sont déjà installés. Nous nous asseyons avec eux.

Je ferme les yeux. J'écoute.

J'écoute la voix des moines

J'écoute ces voix qui semblent venir de loin, de la nuit des temps.

Chaque mot, chaque syllabe, chaque son résonne et vibre en moi.

Om Taré Tuttaré Ture Soha

Je perds la notion du temps. Combien de temps aura duré cet office ? une heure, une seconde, une vie ?

Je me sens un peu perdu. Et Jamyang s'approche. Il comprend ; même s'il ne m'en parle pas. Cette « voix amicale » m'est d'une grande aide.

Nous retrouvons les moines dans une autre salle commune qui sert de réfectoire et de dortoir également. Le petit déjeuner se compose de thé brûlant et de tsampa.

Plus tard dans la matinée tandis que Lama Tsultrim enseigne quelques textes aux moines, Jamyang et moi flânons en silence à l'extérieur.

Nous quittons la cour intérieure par un petit chemin qui semble rejoindre le fond du vallon, là-haut sur les crêtes. Nous nous asseyons sur l'herbe rase. Il s'adresse à moi :

- Quel voyage, hein ? N'es-tu pas trop dépaysé par tout ça ?

- Non étrangement je me sens bien.

- Tu verras, passer quelques jours ici te fera du bien, le plus grand bien.

- Mais combien de temps allons-nous rester ?

- A cette question je n'ai pas de réponse. Tu peux décider de rentrer demain ou dans un mois ou dans dix ans …
Tu es ton seul guide.

Je souris.

En contrebas, on entend le berger avec son petit troupeau de yaks. Le soleil est déjà bien haut. Le paysage est magnifique.

Des pelouses alpines, des escarpements rocheux, des crêtes abruptes et des pics enneigés. Au milieu coule le torrent. Plus bas les quelques maisons que nous avons vues en arrivant.

Au-dessus le monastère qui baigne dans la lumière du matin.

Ce vallon me rappelle le vallon que j'aime tant dans les Alpes.

Comme un lien de parenté.

Un gypaète barbu traverse l'espace avec majesté et passe à notre verticale. Je suis comblé.

C'est ainsi que se déroulent mes journées désormais.

J'assiste aux offices avec les moines, j'écoute avec attention les enseignements que donne Lama Tsultrim, même si je ne comprends pas la langue, j'échange beaucoup avec Jamyang qui me traduit de merveilleux textes.

Bien souvent je reste assis à côté du maitre. Sans un mot. Juste à savourer l'énergie bienveillante de sa présence.

Je médite aussi seul dans la bibliothèque ou dehors en pleine nature. De longues heures de calme et de paix intérieure.

Je pers la notion de temps.

Parfois il m'arrive de repenser à ma vie d'avant, celle que j'ai mis de côté, celle que j'ai peut-être gâchée, celle que j'allais peut-être retrouver plus tard.

Finalement qui suis-je ?

Je n'ai toujours pas de réponse mais au moins je suis heureux.

EN EVEIL

Cette après-midi-là, Lama Tsultrim, Jamyang et moi partons pour une marche à travers la montagne.

Ils marchent lentement, comme si chaque pas était un cadeau. Je les imite.

Ils ramassent de-ci-de-là une fleur, une herbe qu'ils mettent dans leur sac en toile.

Ces plantes d'altitude servent à la confection de remèdes médicinaux et d'encens ; les mêmes encens que ceux qui enivrent mes pensées au monastère.

Après deux heures de marche, nous arrivons sur un promontoire qui domine le vallon.

Lama Tsultrim s'assoit sur une grande pierre plate.

Derrière lui les pics enneigés de la chaine Himalayenne.

Nous nous installons en face de lui.

Chacun médite dans la brise fraiche qui descend des sommets.

Le vieux Lama prend son mala et égraine chaque perle au son du Mantra

Om Mani Padme Houng

Le mantra de la compassion. Jamyang et moi se joignons à lui.

Nos voix murmurent dans le silence des sommets.

La Montagne semble nous écouter.

Le vieil homme se tait et me regarde avec insistance. Comme s'il voulait sonder mon esprit.

Il s'adresse à Jamyang qui se lève et s'approche de lui. Il lui tend son mala.

Jamyang s'assoit à côté de moi et me donne le mala de graines :

- Tiens c'est pour toi. Lama Tsultrim te l'offre

Je le regarde incrédule.

Lama Tsultrim s'adresse alors à moi et Jamyang me traduit :

- Prends ce modeste mala.
  Peut-être qu'il t'aidera à comprendre. Je t'ai vu arrivé il y a quelques jours et j'ai vu venir avec toi la bonté, la gentillesse et la compassion.
  Mais tu n'es pas venu seul.
  Tu voyages avec une grande valise remplie de tes peurs, tes doutes, tes angoisses, tes regrets.
  Tu penses avoir négligé et oublié ta famille.
  Tu penses avoir trahi.
  Tu ne sais pas qui tu es.

J'ai l'impression qu'il lisait en moi, qu'il avait écouté mes pensées les plus intimes et sauvages.

Même celles auxquelles je refusais de penser.

Un peu comme Jamyang dans le Morvan mais cette fois de manière encore plus intense et profonde.

J'étais bouleversé.

Il poursuivit :

- Regarde ce paysage magnifique.

 Autour de nous. Tu l'admires, tu t'y sens bien, épanoui.

 Et pourtant si demain tu pars, ce vallon restera lui-même et tu continueras à t'y sentir heureux.

 Tu es bien plus vaste que ce que tu penses être.

 Tu es bien plus intense que tes pensées.

 Tu es le soleil qui réchauffe le bourgeon au printemps, tu es le reflet de la lune sur la neige, tu es le vent qui fait danser les herbes hautes, tu es le vol de l'aigle dans l'aube d'été, tu es la rosée du matin, tu es le rire des enfants du village, tu es le scintillement des étoiles au-dessus des montagnes, tu es le grondement du torrent au printemps, tu es la tendresse d'une ourse avec ses petits, tu es la roche qui éclate par le gel, tu es le silence.

 Tu es surtout le souffle du papillon.

 Alors écoute ce souffle et tu comprendras qui tu es.

Ainsi me parla Lama Tsultrim, vieux sage qui vivait dans les hauts plateaux du Ladakh et que j'avais rencontré quelques jours plus tôt.

Je reste muet, ébahi par les paroles de l'homme qui avait sondé mon cœur mieux que moi-même. Il avait parlé des sentiments que je refusais de vivre depuis si longtemps.
Et cette allusion au souffle du papillon …

Comment ne pas y entendre un lien direct et intense avec le rêve du papillon que j'avais fait la nuit de mon arrivée ici.

Je ne sais pas quoi penser ni dire.
Je joins simplement mes mains au niveau du cœur et m'incline devant lui, en signe d'hommage sincère et profond, de remerciement.

Il s'incline également et nous restons ainsi de longues minutes bercées par la nature des sommets.
Le soleil commence sa descente derrière les crêtes quand nous arrivons au monastère.
La pudja du soir fut intense. Je pars me coucher aussitôt après.

Allongé sur mon banc, je rêvasse en regardant les milliards d'étoiles par la fenêtre.
J'entends des rires d'enfants dans ma tête, le vent de l'océan, le hurlement du loup, les pas du campagnol sous la neige, le grondement du tonnerre.
Je finis par m'endormir.

Au petit matin je me faufile comme un félin dans la chambre de Lama Tsultrim.
Je sais qu'il est déjà réveillé. Assis à méditer sur son lit. J'aime venir m'assoir à ses côtés le matin et profiter ainsi de ces instants de paix et de sagesse.

Lorsqu'il me voit arriver, un large sourire illumine son visage.
Une bougie posée à côté vacille et éclaire timidement la petite pièce encore dans la pénombre de l'aube naissante.

Le silence est le doux cocon dans lequel j'aime prendre refuge.
Ce matin je me sens comme un ours qui hiberne dans le confort de sa tanière, loin du vacarme du monde.

J'avais toujours aimé être éloigné du chaos des hommes. L'hypocrisie, les mensonges, l'avidité, l'égoïsme me rendaient malade.
J'en souffrais.

Et finalement la Nature m'allait bien. Les choses y étaient tellement plus sincères, parfois dures mais toujours vraies.

J'avais pendant des années enfilé un costume qui n'était pas le mien, qui n'était pas moi. Jouer le rôle d'un homme normal qui travaille, fonde une famille, consomme…

J'étais épuisé de m'être menti à moi-même toutes ces années.

INSAISISSABLE TORRENT

Ce matin avec Jamyang nous partons marcher. Nous suivons le torrent qui dessine ses courbes dans le vallon.

Nous admirons les fleurs, les oiseaux, la vie qui regorge sur ces pelouses d'altitude. Une vie qui émerveille à qui sait être attentif à ses signes parfois timides, imperceptibles.

L'air est doux, nous marchons tranquillement. Un grand rapace tournoie dans le ciel bleu, tout là-haut.

Nous nous posons sur un rocher au bord du torrent, bercé par le soleil.

Jamyang me raconte alors une histoire, une histoire, une leçon de vie que lui avait expliqué un jour son grand père :

- Vois-tu, j'ai grandi et vécu ma jeunesse dans les Hautes Alpes.

J'adorais vadrouiller et me promener en montagne.

Et surtout j'adorais les torrents, petits ou grands qui dévalaient les pentes en riant, en éclaboussant, en dansant. Je les trouvais fascinants et vivants.

Oui ils étaient vivants, à mes yeux de petit gamin.

Parfois le dimanche après-midi je faisais une balade avec mon grand-père. J'adorais mon grand-père.

Il faisait toujours des blagues et me faisait découvrir plein de choses.

Ce jour-là nous étions assis sur un rocher au bord du torrent. Nous étions là à profiter de l'instant.

Mon grand-père savait que j'adorais les torrents, jouer dans l'eau avec les cailloux.

Alors mon grand-père me dit « *Regardes Gamin, ce torrent comment il coule. Il va vite, il éclabousse, il rigole comme tu dis, il sculpte le paysage. Tu l'entends, tu le vois, tu le touches même.*

Et tu penses qu'il est réel ? Alors essaies de l'attraper ! Prend le dans tes mains et il

coulera sans qui tu puisses l'emporter ; prend un grand saut pour le remplir et le torrent si vivant ne sera alors qu'une flaque d'eau sans vie, sans rires.
Nous le voyons et pourtant il n'existe pas réellement.
Puisqu'on ne peut pas le prendre. C'est une illusion.
Tout comme la vie et le temps qui dévale la pente en riant et en pleurant »

Malgré mon jeune âge je me souviens parfaitement des paroles de mon grand-père.
Les jours suivants je me suis mis à imaginer des machines, des systèmes pour capturer le torrent. J'ai imaginé des très très longs tuyaux, des gros tracteurs qui soulèveraient la roche sur lequel coule le torrent.
Mais je me rendais bien compte que mon grand-père avait raison.
On ne pouvait pas le prendre, ce fichu torrent.

Quelques semaines plus tard, mon grand père est mort.
En fait il était déjà bien malade mais je ne m'en étais pas rendu compte.

Après sa mort, je fais un joli dessin de torrent et j'ai écrit de ma plus belle écriture l'histoire du torrent de mon grand-père, bien sûr après avoir fait corriger les fautes par mes parents.

Régulièrement il m'arrive de réécrire cette histoire sur un carnet ou une simple feuille blanche.

Ce n'est qu'une fois adulte quand je suis arrivé ici que j'ai enfin compris le sens caché des mots de mon grand-père. Le temps, la vie coule sans s'arrêter. Impossible de l'arrêter, de la ralentir, de la capturer, de la prendre dans ses bras. Elle n'est qu'illusion.
Mais elle apporte aussi les rires et les éclaboussures. Seul l'instant compte.

Tu vois mon grand-père était un rude montagnard qui n'avait jamais quitté ses montagnes alpines. Toute sa vie il a travaillé le bois et s'est occupé des vaches de son oncle.
Et pourtant cet homme avait compris une des plus grandes sagesses du monde. Une philosophie de vie et de pensée qu'ici nous appelons Bouddhisme.

Mais qui en fait est simplement universelle.

- Ton grand-père était sans doute un grand sage.
C'est vrai que j'apprends peu à peu à me rendre compte du caractère éphémère et finalement illusoire des choses, du moins de certaines.
En tout cas merci pour cette belle histoire.

Et si tu le permets, je l'écrirais ce soir dans mon carnet, sans faire de fautes.

Jamyang rigole.

COMME UN GAMIN

Jamyang m'annonce qu'il doit s'absenter quelques jours pour aller voir des amis et apporter les herbes ramassées ici à d'autres monastères.

- Ça ne te dérange pas de rester ici seul sans moi ?

- Oh non pas du tout. J'adore ta compagnie bien sûr mais je suis très bien ici. Ne t'inquiète pas pour moi.

Le matin suivant il quitte le vallon et je retourne à mes habitudes, ma vie au monastère.

Je passe beaucoup de temps à marcher dans la montagne.

Bien souvent Lama Tsultrim m'accompagne.

Nous marchons côte à côte et nous restons silencieux même si nous échangeons parfois quelques mots anglais.

Nous nous comprenons mutuellement.

Malgré sa sagesse, sa très grande érudition et son âge avancé, il est resté en fait un gamin farceur.

Lorsque nous méditions lui et moi en pleine montagne, il a pris l'habitude de s'emparer sans que je le voie d'un brin d'herbe et s'amuse à me chatouiller l'oreille par intermittence comme si une petite mouche facétieuse me tournait autour.

Bien sûr dès que je fais un mouvement ou me retourne, il retrouve sa posture méditative, comme s'il était concentré depuis longtemps, tel un vieux sage impassible.

Evidement après quelques minutes je finis par desceller un petit rictus sur son visage et nous partons dans un grand éclat de rire qui réveille la montagne autour de nous.

Le temps commence à changer sur les hauts plateaux.

Les matins sont plus froids désormais. L'aube apporte chaque jour ses gelés que le soleil finit par réchauffer dans la journée.

Je ne sais toujours pas combien de temps je vais rester. Non pas que je redoute un retour chez moi, car en fait je n'ai plus vraiment de chez moi.

Mais je ne me projetais tout simplement pas dans l'avenir. Je prenais les jours comme ils arrivaient. Je suis là, là et vivant.

Je ne me pose pas d'autre question. Ou du moins je m'en pose de moins en moins.

J'avais compris au cours de ces dernières semaines beaucoup de choses. Et tout cela infusait en moi, petit à petit, lentement, doucement. Sincèrement.

J'étais en train non pas de changer, mais de redevenir qui j'étais. Au sens véritable.

Enfin j'étais en connexion avec moi-même.

Ici je me réconcilie avec ma vie.

LE SOUFFLE DU PAPILLON

Fin d'après-midi, je suis seul ; je médite dans la bibliothèque. La fenêtre entre-ouverte laisse passer une brise fraiche et légère.

Le temps est beau. Le soleil finit d'illuminer le vallon. Tout est silencieux.
Seul le murmure étouffé du torrent me parvient en sourdine.

Devant moi j'ai déposé sur un petit banc le mala de Lama Tsultrim.
Assis sur mon coussin, face à la statue de Bouddha, je suis là. J'écoute mon cœur battre ; je ressens la vie en moi.
Je me sens si léger, léger et libre.
Les yeux mi-clos, mes pensées sont rares, et j'habite l'instant, sans subterfuge.

Et puis je suis soudain attiré par un souffle, une très légère respiration.
Quasi imperceptible.
Quelqu'un est entré dans la pièce et j'entends sa respiration légère et douce.
J'ouvre les yeux, personne …
Pourtant j'entends distinctement cette respiration, cette pulsation de vie.
Ce n'est pas ma respiration même si elle me parait familière, amicale.

Enfin j'aperçois dans le fond de la pièce, près de la fenêtre, un papillon.

Un petit papillon blanc.

Il volette dans la pièce. Je le vois, je l'entends. Son souffle, le battement de ses ailes, j'ai pleinement conscience de sa présence, de sa vie.
Il s'approche et se pose sur le mala juste devant moi.
J'entends son souffle.

Une larme coule.

Il reste de longues minutes posé sur le mala, à battre légèrement les ailes. Sa respiration se fait plus lente.

D'une voix étouffée, je lui murmure quelques mots, des mots qui n'ont de sens que pour lui.
Lorsque je finis par lui dire « *Merci* », il s'envole et repart par la fenêtre de la bibliothèque.

Le lendemain matin la neige recouvre tout le vallon.
Un blanc immaculé et pur partout.
Mon petit papillon blanc n'a sans doute pas survécu au froid glacial.
Mais je sens encore la chaleur de son souffle qui réchauffe mon cœur.

Assis sur un rocher malgré le froid, je regarde le soleil se lever.
La neige scintille de mille feux.
Ce vallon enneigé est la promesse d'un jour nouveau.

Lama Tsultrim me rejoint et pose sur mes épaules une épaisse couverture.

Il s'assoit à côté. Nous échangeons un regard complice.

Je sais qu'il sait mais il ne dira pas un seul mot.

Nous restons dans le silence ….

NOUVEAU DEPART

Je descends vers la vallée ce matin.

Il est temps de continuer le chemin.

Mes pas craquent sur la fine couche de neige fraiche tombée cette nuit. L'air est frais.

Un large sourire illumine mon visage derrière une barbe bien trop fournie.

Je ne sais pas encore où je vais, ni ce que je vais faire. Mais je suis étrangement serein. L'avenir reste à écrire.

Pour ma part je suis dans l'instant.

Sans doute vais-je retourner auprès de ma famille.

Revoir mes enfants, les prendre dans mes bras. Embrasser ma femme.

Et lui dire ce que je n'ai pas dit durant toutes ces années de vie commune.

Et leur offrir mon amour, juste mon amour. Sans rien espérer en retour. Juste l'envie de partager cet amour qui m'anime.

Cet amour que j'ai trouvé ici, dans ce vallon du haut Ladakh. Un lieu extraordinaire.

Perdu du monde.

J'y ai passé des semaines incroyables. Des mois peut-être même. Je ne sais plus.

J'ai fait la rencontre de gens extraordinaires.

Les aurevoirs ont été simples et chaleureux. Sans doute que je reviendrai ici dans quelques temps. Peut-être pas.

Qu'importe.

Ce matin je n'ai pas le cœur lourd en descendant vers la vallée.

Au contraire c'est avec un cœur léger et l'esprit clair que j'attaque cette nouvelle étape de ma vie, de mon chemin.

De l'espoir, de la vitalité, de l'envie. Voilà ce qui m'anime désormais.

Voilà ce qui anime mes pas.

Et de l'amour, beaucoup d'amour. De l'amour pour tout. Pour tous.

Pour mes proches, pour les inconnus que je vais croiser, pour le vol des étourneaux, pour la danse des moustiques, pour la course des nuages dans le ciel d'automne, pour le grondement du tonnerre les soirs d'été, pour le rire de l'eau qui dévale les pentes, pour les larmes d'une mère qui pleure son enfant disparu…

Ce voyage ne m'a pas changé. Il m'a simplement permis de comprendre qui j'étais, de voir l'amour qui m'habite, qui nous habite tous.

Là-haut le vent de la sagesse a dissipé les voiles de mon ignorance.

Et c'est donc avec un regard neuf que j'aborde le monde.

Il aura fallu aller si loin pour trouver ce que j'avais en moi.

Il m'a fallu quitter mon quotidien et mes richesses matériels pour découvrir la vraie richesse de l'humanité.

Mon chemin continue.

Après quelques heures de marche, j'aperçois en contrebas le village.

Déjà les aboiements d'un chien et le rire des enfants se font entendre.

Je m'arrête un instant.

Je m'assois et regarde le monde.

Dans le ciel la silhouette d'un gypaète tournois vers les crêtes.

Dans mon cœur virevolte un petit papillon …

À propos de l'auteur Tsultrim Namgyal

Après des études de chimie organique, il a vécu plusieurs années en Afrique de l'Ouest à la recherche d'un sens à la vie, avant de revenir sur Paris et de commencer une carrière dans le BTP au milieu des années 2000.

Introverti et solitaire, il a toujours été animé d'une grande sensibilité, d'une passion pour la vie sauvage, pour la montagne, pour la simplicité des relations.

Il est également photographe amateur depuis son adolescence.

Au fil de ses voyages il tient régulièrement des carnets, où il note ses rencontres, ses observations de la faune sauvage, ses émotions, ses pensées.

Ecrire permet d'exprimer les choses avec un certain recul, sans affronter directement le regard des autres.